エチュード　四肆舞

壱

塩の雨が降る
第五の季節
大地の亀裂に
黒い頭痛が伝播する

トマトに塩の雨
卵に塩の雨
古い約束に塩の雨
明日の夢に塩の雨

第五の季節五百年
渇いた人々が壺をもって集まる
泉は言葉を忘れ
亀裂の行方を占う

塩の雨降る街を
黒いパラソルの群れがゆく
太古の陽が塩を輝かせ
パラソルの目はつぶれ

あまりにも鮮烈な夢は
目を痛くする
網膜が焼け焦げるほどの夢は
目をつむって見ないこと

しかし夢は入ってくる
内側から湧き出て
拒絶することなどできない
悪夢はなおさら

目は夢から生まれた
原始　生命は闇だった
ある夜おろかな生命が夢を見て
その夢が目となるのだ

太陽のごとき夢
命を焼き潰す夢
来い
無謀に願う真昼

この世があるというオカルト
言葉がつかえるという魔法
ものの形が見えるという神秘
どこにでも行けるという奇蹟

しかしどこにでも行けるは幻想
ものが正しく見えるなんてあり得ない
言葉は嘘ばかりつく魔物だ
この世はいつなくなってもおかしくない

それでいい
これはオカルト
ごちそうを食べて幸せになるのもオカルト
キスをして気絶するのもオカルト

明日の天気予報をやっているから
きっと明日は来るのだろう
オカルトは真面目一筋に
地球という回り舞台をメンテする

ゆれる幽霊
ゆれる大地
このくにに時間はない
雪月花の宇宙

ゆれるのは何か
心がゆれると感じる
基準の軸が大地ならば
大地がゆれるとき何がゆれないのか

幽霊はゆれる
それが仕事だからか
本性だからか
雪月花はゆれる

雪がゆれ月がゆれ花がゆれるとき
何がゆれないのか
何がゆれずにいられようか
幽霊はうたう

リル・エアプレンは飛び立つ
折からの雷鳴と風雨
未来へ　過去へ
輝く風景を狩りに

飛行機が飛ぶにはそれなりの理由がある
世界の測量は急務
首都を定めなくては
しかし自分の位置もわからない

篠突く雨が夢みるエアプレンを目覚めさせる
冷たい機械への目覚めの悲しさ
言葉にならないプロペラの呟き
広いはずの空はまったく広がらない

雷　リル・エアプレンをかすめ
雷　リル・エアプレンをかすめ
雲の上　雷と雨の上へ
冒険者は針路をさぐる

満月の夜が三日続いたあと
ぼくらは旅にでかけた
痴呆の荒野は果てなく広がり
ぼくらの旅は世界を制覇した

月が隠れるとぼくらは旅をやめ
森の奥に墓を建てた
墓は死をうたい
ぼくらのリーダーを呼んだ

ぼくらの一人が去り
ぼくらの言葉が悲しみ
森は行方不明になり
ぼくらは互いの名前を忘れた

満月が戻ってきて
ぼくらはまた旅に出かけた
満月は百日続き
ぼくらは狂った月を路銀とする

頭のつぶれた木ネジは
永久に其処につきささっていなければならない
頭のつぶれた男は
永久に時代をさまよっていなければならない

ドライバーの先を男の頭に当てて
回しても空回りする　気味悪さ
もう使い物にならないとサジを投げる
使い捨て時代のドライバーの冷たさ

世間はうるさく文句を言う
此処に頭のつぶれた木ネジがささっていて危ないと
其処に頭のつぶれた男がうろついていて怪しいと
つぶれかかった目と耳と鼻と口で文句を言う

頭のつぶれた木ネジは
幸いペンチが助けて抜いてくれた
頭のつぶれた男は　家も宿もなく
不幸にも時代をさまよい続ける

夢は頭痛となって残る
頭痛が顔を洗う
頭痛がランチを食べる
頭痛が夕焼けを見る

あらゆる夢は頭痛となる
数学者が二百年前に証明した公式である
夢と頭痛はイコールであり
全世界の小学校の教科書に載っている

夢は病気だから気をつけろと国語の先生は言う
頭痛が出てきたら蹴って遊ぼうと体育の先生は言う
頭痛はだんだん成長するんだと理科の先生は言う
夢は野良犬におやりなさいと校長先生は言う

しかし子供は夢を見てしまう
だから子供は全員頭痛持ちだ
小さな頭痛をチケットにして
長い灰色の旅に出る

イヤホンコードのもつれをほどく間に
現代人の一生は終わる
曲と曲の間の
リズムの途切れる須臾

イヤホンコードのもつれの迷路は
二十一世紀の心をパズルにし
左右の耳はばらばら
ちがう言語を聞こうとする

どうしてイヤホンコードはもつれるのか
無意識の反映だ　とフロイトは言うだろう
いい子じゃないから
とnobody《わたし》は言いたい

イヤホンコードのもつれをほどく間に
国民番号Nの一生は終わる
聴きたい曲がちゃんと聴けたのか
mystery《こころ》に尋ねる暇もない

出歩くと怖い人に遭遇するので
あまり出歩かないようにしている
鍵をかけ部屋にこもっていると
怖い人から電話がかかってくる

耳から怖い人が入ってきたら
ぼくはどこに隠れたらいいのか
毛布の下に身をひそませても
怖い人はやさしく毛布をたたく

怖い人がなぜ怖いのか　わからない
怖い人はいつもにこやかに笑っている
その笑顔が怖いのかもしれない
ぼくの神経は恐怖で凍りつく

怖い人はなにもしない
しかしぼくが何者だか知っている
ぼく自身も知らない
ぼくの正体を

壱
xi

自分の手はきれいと思っているのですか皆さん
あなたも人を殺しているのです
嘘をついてはいけません
自分の心の奥を覗いてごらんなさい

その汚れた手はどんな石鹸で洗ってもきれいになりません
その手が悪いことをしないように気をつけましょう
手袋をしたって無駄です
指紋は残らないかもしれませんが

あなたを追って刑事が来ました
明日あなたの裁判が始まります
裁判官は十年前に判決文を書いてしまっています
証拠はあなたの罪深い幸福です

あなたは反省しますか
嘘をついてはいけません
あなたの手は汚れたままではないですか
ハンカチはあなたに使われることを拒否します

ひゃく輛の汽車をとめる駅
長い長いプラットホーム
その両端は闇に消えて
夜ととけあう

駅の名を確かめようとするが
どこにも書いてない
ひゃく輛の黒い汽車は行ってしまう
過去へか未来へか虚構の都へか

プラットホームは島となり
両端の磯を時の波が洗っている
孤島は目をつむる
沖からの風が詩をささやく

サソリ座経由でオリオン座へ
千回の転生で間違わずに行くため
時刻表をひらいたが
頁は光る砂となり崩れた

弐

弐—i

かわらけに酒
飲み干せば　雨
肝を洗い　骨を洗い
地に吸い込まれて消える

初心に還り動かず
という素朴な怠惰
なにも作っていないに等しい
草の雫

神の創造と俗に謂われる
この天地　この光彩陸離のなかで
なにを作ろうと所詮
かわらけ

かわらけに酒
飲み干せば　星
満天の　俗に神と謂われる創造の
光彩の陸離を載せて

弐—ii

満帆
しかし船は動かない
さざなみ一つない
無風

寝すぎてなお眠たいときにはさらに眠ればいい
夜の魔法は巨大な円となって広がり
真昼に及ぶ
刻はいま凪ぎ

風と船と海は
ゆるやかな友情で結ばれる
友情は眠りについても
無為を共謀する

水平の真昼
満帆の耳は聴く
宇宙という一陣の風
光と闇の間　抜けていく音を

光がきた
光に揺り起こされた
ここは楽園なんだと
すなおに得心した

特別の幸福があるわけではない
不老不死の泉があるわけでもない
ただ光があふれている
それだけで楽園

光の中に起きるという甦り
ここに生まれれば
光の言葉を語れるだろうか
どこまでも伝わる言葉を

水を飲み光を食べて生きるものたちの
清らかな幸
そして花を咲かせる
無祝の福

弐―iv

カーテンに裸を包んで外を眺める
風が吹いている　誰もいない
宙空のドアは世界につながり
世界は裸で寝転がっている

今日はなんの日なのだか
知らないがおそらく
裸になる日
嵐が近づいている

道がのびている
木がそよいでいる
雲間から日が射す
なにかが迫ってくる

叫び声がきこえる
叫び声はいつも裸
世界は叫びとして
白刃でやってくる

ガラス瓶に閉じ込められた種
発芽することなく沈黙を守る
ブリキの缶に閉じ込められた種
朝を知らずかたい眠りを守る

種の中に閉じ込められた物語
過去の系図と未来の風姿を折りたたむ
時間になる前の時間
宇宙の秘密をかくす闇

鳥は種を食べるのが好きだ
彼らは種が醸している時間を食べるのだろう
だから彼らは飛べるのだろう
鳥は種を探して飛ぶ

種の内側に止まっている時間は
地に落ち　水に触れ
風に転がり　陽を感じたとき
動き出す　世界を揺らすために

弐—vi

洗濯して干したシャツ
たっぷり日を浴びて水分を捨てて
羽根のように軽く
飛び立ちたくなってくる

服はふつう飛ぶものです
飛ばないのは着ているから
身体が服を忘れれば
服は宙へと浮き上がる

一枚また一枚また一枚
飛び立つ服
白いシャツはとりわけ軽く
空のかなたの白雲めざし

裸になった身体は思い出す
自分も飛べるはずだということを
どうやったら飛べるのか
それは思い出せなかったりする

波の上をすべる板
の上に乗る無名者
太陽ににらまれ
海におどされ

波の上ではなにも考えない
大事も些事も　自分さえも
明日も人生も世界もうせて
ゆえに無名者

名前をさがしてすべる
のではなくむしろ
名前に捕まらないように
波とともに疾走する　無名者

太陽はにらみ
海はおどすも
波は永遠に立ち
無名者はどこまでも逃走する

軍港には軍艦が停泊している
軍艦には将軍が乗っている
将軍は戦争を夢想している
その中での自分の死も含め

カモメが軍港を偵察する
イワシの大群が軍港を襲う
フジツボが船底に爆弾をしかける
軍艦は動かない

鉄は海の上で眠っている
将軍は夢想の中で眠っている
砲弾は倉庫の闇で眠っている
航路は海図の中で眠っている

カモメは風の中を飛んでいる
イワシは潮の中を泳いでいる
フジツボは船底で繁殖している
水兵は甲板を掃除している

弐 — ix

聞こえる
足元に斧を入れる音
樵が倒そうとしている
百年こうして静かに立っている私を

聞こえる
傷を深くより深く刻む
私の生命を途絶えさせようとする
鉄の刃の音

倒れる
しかし倒れてもなお立っている
この森の一員
この森から出ていく気はない

聞こえる
樵がひきずっていく音
しかし私は出ていかない
彼はなにをもっていこうとしているのだろう

黒猫の瞳は金
身構えて狙う虚空の
囀
羽の自由

黒猫の一日は神も知らない
黒猫はやおよろずの闇の宮
しかし金の瞳は
なんでも知っているかのように光る

黒猫は金の瞳
その光はなんでも知っている
しかし自分の黒い部分については
なにも知らないのだ

身構えて狙う虚空の
颪
颪の現世《うわさ》を編集する
金の瞳の瞬き

弐―xi

われは乞食
膝元に丼鉢ひとつ
放り込まれる
錆びた小銭　パンの欠片

そして
一日という
赫々《かっかく》と輝く光の玉
夜になると消え

しかし
次の朝にはまた
ころん
鉢に投げ入れられる

誰が恵んでくれるのか
乞食は知らないが
恵まれたことの義を
いのちは知る

ルビよりも小さい声であなたはささやく
ゆるし　はある
ふし　はある
しるし　はある　と

なぜそれがささやかれなければならないのか
なにに対するルビなのか
あなたは言わない
ささやくだけ

それとも聞き違いなのか
風があなたを真似たのか
でもたしかにその時
あなたのささやきは必要だった

なにか難しい言葉を読むために
大きな苦痛の言葉
闇に沈む重たい言葉
易しいルビで辿れるように

参

羊一頭
ひまわり二輪
雲雀三羽
ひらめ四尾

トラック五台
豆腐六丁
都市計画七案
トロンボーン八本

リズム九拍子
隣人十人
陸上自衛隊十一大隊
離婚十二件

ネグリジェ十三着
ネロ十四世
ねむりタイムマシン十五機
ねむれま千一夜物語秘本十六話

獅子舞が来る
もうすぐそこ
角をまがったところ
笛太鼓のお囃子

獅子舞が来る
獅子舞は狂う
内側の三人を食べてしまい
惑いさまよう獅子

笛の調べを食べたいと思う
太鼓の音を食べたいと思う
なんでもかんでも食べたいと思う
獅子は悲しい

宇宙を食べてしまった獅子は
自分はどこにいるのだろうかと周囲を見るが
なにもない
胴体の布切ればかり

「白いセキセイインコ
　探しています」
インコはきっと空にいる
空を探せ

逃げたのなら
逃げたかったのだ
インコはきっと空にいる
空を探すな

ケージは扉をひらいたまま
家出した主の帰還を
空しく待っている
空はケージの外に広がる

身を熱帯の虹に染めて
奇蹟となって
インコは　いつか
帰ってくる　内なる空へ

参一iv

ざりがにのおばけ
背後に突然あらわれて
ぼくらの首をちょんぎる
某月某日の夜道

茫々たる時空に
ちょんぎられた首が浮ぶ
下半身の欲望から離脱して
首は幸せだ

某月某日の夜道
誰でもない某の首をちょんぎる
やさしいざりがにのおばけは
救世主だろうか

子供のころ　郊外の河辺で
つかまえたざりがにのはさみが指を咬み
ぼくの幻想を切り刻み
夜道をねじ曲げる

眼を病んで
眼球が暗闇を見たがるようになった
暗闇なんか見てどうする
なにもないじゃないか

眼の痛みは時空の痛み
暗闇はそれをなでさする
暗闇の時間は単位を欠いた
行方不明の時間

暗闇の海に眼球が漂う
なにも見えないことが有難く
どこに行くのだろうと不安になるが
暗闇にそこもここもないのだ　おそらく

眼を病んで
眼球がどこかへ行ってしまった
眼窩のさびしい港を
黒い波が洗っている

淋しい遊びに揺れる
童《わらし》の影
どこへも行かない乗り物に乗る
どこへも行かない孤独

ブランコが高く上がるとき
誰のでもない声がして
地の涯が到来する
虚空が脈打つ

心を遠心分離機にかけ
うつつの襤褸を振り落とし
心の核《コア》の童を連れ
天へと登る機械

青を支点に
長い長い連鎖の涯に揺れれば
どこへでも行ける
童の芯の風

アタタカイオノミモノイカガデスカ
近づくと自販機が誘う
かあいい女の子の声で
アタタ　カイオ　ノミモ　ノイカ　ガデス　カ

なにを買おうか妄想する
人工の少女の声の缶
人工の少女の恋の缶
振らずにお飲み下さい

かあいい女の子は自販機に囚われている
ぼくは救出する
百円玉と十円玉を投入して
かあいい女の子を救出する

ああわが妄想
かあいい女の子はいなかった
ブラックは苦い
シュガー抜きの真夜は苦い

巫々々と笑う女には会いたくない
誑かされるに決まってる
しかしきっと会うのだ巫々々と笑う
世にも恐ろしい魔性に

巫々々の中にすべてがあると女は言う
そんな馬鹿なことがあってたまるかと抗っても
紅い柔らかい唇が巫々々と笑えば
言葉は力を失い地に散る

なにがおかしいのだろう
笑う種などありはしないのに
この世もあの世も虚構《うそ》も真実《ほんと》も
彼女には一昨日《どうでもいいこと》の三面記事

巫々々と笑う女が考えている
爪にどんな色のマニキュアを塗ろうか
デザートになんのアイスを食べようか
食べ終わったら社稷をうち毀してまた巫々々と笑う

おばあさんは覚えている
知らない男から突然プロポーズされた夕のこと
星が降り爆弾が降った夜のこと
子宮がうごめいた朝のことを

川で溺れた幼い日のこと
お花畑で最後のおままごとをした午後のこと
ローマへ行った二十代最後の夏のこと
なんの理由もなく転んだ昨日のことを

おばあさんは覚えている
世界のあらゆること
世界からこぼれ落ちたたくさんのこと
世に語られないすべてのことを

おばあさんは世界を睨みつける
自分は魔法使いだから世界を変えられると信じている
だけど世界は変らないと知っている
おばあさんは忘れる練習を始める

参—x

赤いボタンを押してみた
時間の方向が西から南へ変わった
黒いコードを引いてみた
宇宙が円形の箱庭になった

白いレバーを倒してみた
彗星がＵＦＯのごとく現れた
青いダイヤルを回してみた
虹が至る所に幟を立てた

紫のランプに手をかざしてみた
ゾンビが阿波踊りを踊りだした
黄色の突起をスライドさせてみた
世界中の人が笑い始めた

銀のコインを投入してみた
半世紀前の流行歌が流れてきた
緑の葉をはじいてみた
水滴が落ちて地に消えた

参─xi

耳かきはときに栞になる
縄はときに蛇になる
正義はときに狂気になる
時計はときに檻になる

あらゆるものは変身する
化けたらさらに別のものに変わる
変わりたいという欲望こそ
輪廻転生の原理

昨日の自分から明日の自分へ
変わりゆく真っ只中が今日の自分
あらゆる瞬間はカーブを描き
世界は生まれ続け滅び続ける

栞はときにナイフになる
蛇はときに竜神になる
狂気はときに喜劇になる
檻はときに愛の巣になる

ぼくの耳に入ろうとする虻よ
君はまちがっている
満月の夜にふる雨と同じくらい
不謹慎なまでにまちがっている

虻よ　世界は自由と考える
君のまちがいをぼくは正したい
しかし君は飛んでいってしまう
もういない　ふとどきの遊子よ

大満月の夜にふる雨と同じくらい
ひどいまちがいは世界にあふれている
このぼくが生まれてきたことも
その一つかもしれない

もしそうなら　虻よ
君がぼくを攻撃するのは正しい
満月の夜にふる雨はぼくを濡らし
ぼくはまちがった月を夢想する

肆

ハムレットの亡霊をさがす都市
絶望の霧雨に濡れる街路樹
人類の記憶に濡れる小鳥たちの
さえずりは礫となって敷石道を打つ

心は頑ななバター
ナイフも入らない冷たさ
城の石垣の石の硬さ
フライパンの上で柔軟になる

心は従順なバター
たちまちに溶けて形を崩し
流れ落ちてどこかへ消え
石の柩の中で固まる

ハムレットの亡霊が見つめる都市
朝を迎えても夜の暗さをひきずり
夜を迎えても安らかな眠りは訪れず
movement は十字路をまわしつづける

戒厳令下の都では毎朝厳重にポケット検査が行われる
ポケットに危険思想をひそませているというのだ
ポケットに入る程度の危険思想は大したことないのだが
官憲にお勤めの検査官は真剣そのものである

しかし敏腕な検査官も見逃すものがある
十円玉とかハンカチとかはずれ馬券とか
十円玉とか自転車の鍵とかコンビニのレシートとか
十円玉とかちびた鉛筆とかコンドームとか……

十円玉も十枚たまれば缶ジュースが買える
百枚たまればナイフが買える
千枚たまればダイナマイトが買える
数え切れないくらいにたまればファントム戦闘機が……

ポケットの底の十円玉は危険思想であるか
断言するが十円玉は無害無力である
十円玉は神様への賄賂にもならない
十円玉という小さな思想をだから子供は恃む

一千兆円の身代金が要求された
誰がさらわれたのか
黒電話の奥から
助けて！　叫びが聞こえる

あれは俺の声だ　誰もが思う
あれは私の声だ　世界中の人が思う
時代という犯人は
白昼堂々大通りを歩いている

捜査は進展しない
どこにどうやって囚われているのか
助けて！　毎日のように聞こえていた声は
だんだん薄れていき

一千兆円をもって犯人はやがてどこかに消え
さらわれた者も犯人と一緒に逃げ
あとには事件の影だけが残り
それもやがて紋様となる

壊れたという
壊れたのなら直せばいい
直せないという
直せないなら捨てればいい

捨てられないという
捨てる場所がない
捨てる方法がない
ならばそこに置いておけ

置いておけないという
毒をまき散らす
爆発する
危険

どうすればいいのだ
忘れろ
ないものと思え
壊れろというのだ

捨て猫の野良猫わが輩
街をさまよう毎日の業務
駐車場で轢かれそうになり
ゴミ捨て場で烏にからまれ

どこに行こうというのかわが輩
街はもうすでに終着点なのだ
街こそは野良猫の王国
ここでただただ彷徨うのが野良猫

屋根の上で昼寝をしていたら
雨が降り出し　濡れるのはいいけれど
この街の雨は毛が抜けると仲間は言うから
あわてて軒下に隠れる

街を出ていった主人を忘れ
捨て猫の野良猫わが輩は残る
街を守護するために
街を葬るために

今日の所有格は強欲だ
なんでもかんでも自分のものにしたがる
そしてすぐに忘れる
今日の所有格は愚かだ

今日の所有格につかまった事件は
一時間後には全世界に知れ渡り
今日の所有格を逃れそこねたスキャンダルは
猫の仔にさえ笑われる

今日の千の手をすぱりと切り落とす
英雄の霊剣なく
今日の万の指は獲物を追って
どこまでも伸び　曲り　飛ぶ

忘れられ　解放され
今日のものでなくなったものたちは
とぼとぼと昨日へ帰ってゆく
ゴミ収集車に乗って

ゆがんだ人間が
ゆがんだ言葉を話す
ゆがんだ国の
ゆがんだ地図を広げて

まっすぐに歩くと
ゆがんだ警官に逮捕され
ゆがんだ裁判をくぐり
ゆがんだ監獄に放り込まれる

ゆがんだ取引により
ゆがんだ抜穴をとおって脱獄すると
ゆがんだ組織に取り込まれ
ゆがんだ仕事を押しつけられる

ゆがんだ日々の間から
まっすぐに飛び出て
ゆがんだ国境を越え
たどりつく隣の国もゆがんでいる

鏡が嘘をつけば
ぼくは死ぬ
鏡を信じて
ぼくは何度も死んでいる

辻に立つ鏡
が映す四方の虚像
信じてつっこむオートバイ
大破する記憶

鏡が嘘をつくようになったら
世も終わり
女王役の女優が呟く
手にほほえむ光の窓

鏡は嘘をつかない
が真実も言わない
明日は昨日を写す虚像
どこかで鏡が向かい合っている

首を吊った　という
明朗快活　好奇心旺盛
裏表のない次代の指導者
教養学識をそなえた正義の人

なにがあなたを追いつめたのか
なぜその日だったのか
縄を首にかけたとき部屋は暗かったか
明日の方角は暗黒だったか

絶望の闇を照らす言葉を
あなたは見つけられなかった
誰もあなたの闇に気づかず
光の言葉はどの窓からも届かず

あなたが首を吊った暗闇は
まだこの世のどこかに残っていて
あなたの最後のつぶやきをつつんで
路地の叢をかすかにそよがせる

自転車をこいで
海へ行ってしまった
おとうさん
おかあさん

バイクで追いかけたが
見つからない
バスに乗ってさがしたが
見つからない

見つけたと思ったが
人違いだった
母親の顔も覚えていないのと
笑われた

今頃はどこかの海で
遊んでいるだろうか
おとうさん
おかあさん

フラフープが転がってきた
子供の姿はない
子供の声がする
真昼

声のする方へ
フラフープは転がっていく
なぜ円なのか
誰が描いた円なのか

時間は誰が描いた円なのか
きえる記憶の波紋
ゆれる生死の螺旋
木霊のコンパスの心《しん》

フラフープの浮遊
惑星は飛ぶ
子供の合唱の静寂
いつまでもうたっている

橋の上は風が強い
橋の上からは見えないものが見える
橋はひととき浮いている
いまし橋から人が飛び込む

どこかとどこかをつなぐでもなく
橋は独りで浮いている
風の天に架かっている
いまし橋から魂が飛び込む

橋の下には神が流れる
神とともに芥《ごみ》や鼠が流れる
舟も流れる　時計も流れる
いましがた飛び込んだ骸《むくろ》も流れる

橋が叫ぶ
アーチが崩れる
流れる下界の影とともに
光陰《とき》の骸が流れる

池田　康（いけだ・やすし）

1964年愛知県生まれ
詩集『一座』（2010）、『ネワエワ紀』（2013）など
「みらいらん」編集発行人

エチュード 四肆舞

著者……池田 康

発行日……2018 年 7 月 30 日
発行者……池田 康
発行………洪水企画
〒 254-0914 平塚市高村 203-12-402
TEL&FAX 0463-79-8158
http://www.kozui.net/
印刷………シナノ印刷株式会社
ISBN978-4-909385-05-5